BANQUET DE LA VIE

Nº II.

LE POTAGE PRINTANIER

CONSEILS AUX FIANCÉS

(*depuis* 500 *fr. de dot*, *trousseau compris*)

PARIS
LIBRAIRIE DES BIBLIOPHILES
Rue Saint-Honoré, 338

JANVIER 1873

BANQUET DE LA VIE

N° II.

LE POTAGE PRINTANIER

(Conseils aux Fiancés)

TIRÉ A 500 EXEMPLAIRES

20 exemplaires sur papier vergé

MENU

Un plat est servi chaque mois

N° II. — LE POTAGE PRINTANIER

ENTRÉES

3 *Monsieur et Madame.*
4 *Bébés.*
5 *Bambins et Fillettes.*

ROTS

6 *Toto s'émancipe.*
7 *LUI, Journalistes et Frères-et-Amis.*

ENTREMETS

8 *Théâtre, Industrie, Bourse.*
9 *Docteurs, Juges et Avocats.*

DESSERT

10 *Propriétaires et Châtelains.*
11 *Décorés, Députés, Ministres.*

LIQUEUR DIGESTIVE

12 *Épitaphes enragées.*

BANQUET DE LA VIE

N° II.

LE POTAGE PRINTANIER

CONSEILS AUX FIANCÉS

(depuis 500 fr. de dot, trousseau compris)

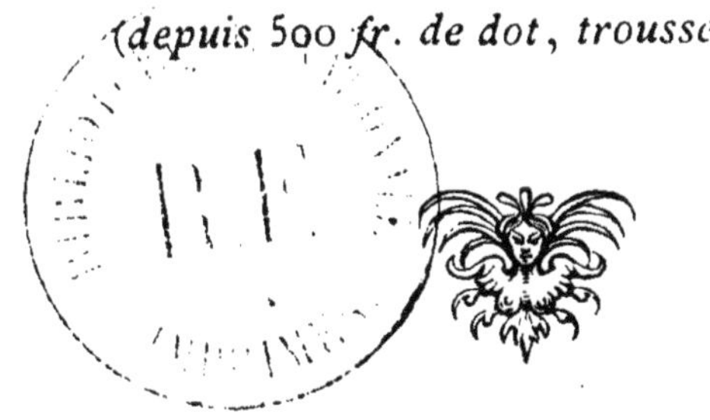

PARIS

LIBRAIRIE DES BIBLIOPHILES

Rue Saint-Honoré, 338

JANVIER 1873

AUX JEUNES FIANCÉS

MADEMOISELLE, MONSIEUR,

VOUS *avez reçu le coup de foudre.*

Il a suffi d'un regard pour établir entre vous une affinité magnétique.

L'amour a été votre diapason, aussi votre accord est-il parfait et vos deux cœurs à l'unisson.

Il n'a été question entre vous ni de la corbeille que l'une espère, ni du trousseau que l'autre apporte.

Heureux jeunes gens, qui ignorez même le chiffre de vos dots; doux fiancés, qui n'attendez que le jour béni de votre mariage pour chanter la pre-

mière strophe de votre ravissant poëme d'amour, lisez, lisez attentivement cette brochure écrite pour vous.

Combien les conseils et les déclarations d'amour que ce petit volume contient vous seront précieux !

Les déclarations surtout.

Sans doute, dans l'extase où vous êtes tous deux plongés, votre mutuel silence est mille fois plus éloquent que tout ce que vous pourriez vous dire; mais il vient un moment où ce silence même peut devenir embarrassant.

Un soir de printemps surtout : le rossignol soupire, les lilas secouent au-dessus de vos têtes leurs branches parfumées, une douce langueur s'empare de vos âmes.

C'est le moment solennel!

Les regards ne suffisent plus, il faut enfin se déclarer.

Ce n'est pas toujours aussi facile qu'on le suppose, surtout pour ceux qui n'en ont pas l'habitude.

Diriez-vous, Mademoiselle, à votre blond fiancé de vingt ans, riche seulement de son amour, ce que vous diriez au notaire de cinquante ans qui dépose à vos pieds son étude et sa clientèle?

Vous, Monsieur, à votre blanche et timide fiancée de seize ans, qui ne vous apporte que les doux trésors de sa candeur et de son innocence, parlerez-vous comme à cette veuve qui vous apporte une fortune idéalement belle?

Assurément non.

Il y a là une nuance à saisir.

C'est donc pour obvier à l'inconvénient qui résulterait pour vous d'une déclaration mal faite que nous avons composé ce petit recueil.

De même que pour nos épitaphes, nous avons placé nos déclarations *dans un ordre gradué, commençant par les aveux les plus timides* (*dot de* 500 *fr., trousseau compris*), *pour s'élever jusqu'aux plus sublimes délires de l'amour* (*dots de* 500,000 *fr.*).

De telle sorte que chaque fiancé, suivant la dot qu'il apporte et celle qu'il reçoit, peut, à l'aide de ce petit livre, et en se reportant à l'ordre des numéros (I *à* X), *trouver l'expression convenable de son amour.*

*Nous y avons ajouté un extrait du petit code complet du cérémonial de Madame la vicomtesse de B***, à l'usage des fiancés, et l'adresse de plusieurs maisons de confiance qui vous sont tout particulièrement recommandées.*

ÉMILE DELAUNAY

PREMIÈRE PARTIE

CONSEILS AUX FIANCÉS

I

MONSIEUR,	MADEMOISELLE,
Si vous voulez connaître votre fiancée, écoutez les compliments que lui adresseront ses amies : elles ne la vanteront jamais que sur ses défauts.	Si vous voulez connaître votre fiancé, remarquez quelles sont les qualités dont il se vante le plus : ce sont justement celles qu'il possédera le moins.

II

Elle affiche une toilette qui attire les regards.	Sa figure est pâle et défaite.
Prenez garde :	Défiez-vous :
A bon vin pas d'enseigne.	*A bon crayon bonne mine.*

III

Si, ne posant pas pour les longs cils, elle baisse souvent les yeux,

Défiez-vous :

Femme qui baisse les yeux, voiture qui baisse ses stores,

Mauvais signe :

L'innocence n'a rien à cacher.

Si, ayant les dents blanches et bien rangées, il ne sourit jamais,

Prenez garde :

Homme qui ne sourit jamais, perles qui ne brillent pas,

Fâcheux indice :

La fausseté est sans éclat.

IV

Essayez de la faire rougir :

L'encre de la petite vertu ne rougit jamais.

Assurez-vous s'il s'attendrit facilement :

Le marbre est poli, mais toujours froid.

V

Si votre fiancée aime a valse ; si elle expose, le samedi aux Italiens, ses bras et ses épaules nus,

Regardez dans ses cheveux, peut-être y trouverez-vous l'emblème de son cœur :

La fleur appelée boule-de-neige.

Si votre fiancé est toujours bien frisé, bien ganté, bien cravaté, d'une élégance irréprochable,

Regardez dans son chapeau, peut-être y trouverez-vous l'emblème de son âme :

Une charmante petite glace.

VI

Le cœur d'une jeune fille est une horloge dont la figure est le cadran :

On doit voir à l'une l'heure qu'il est à l'autre.

Il en est de l'âme d'un jeune homme comme d'une montre :

C'est toujours la moins compliquée qui se dérange le moins.

VII

C'est la première fois que vous vous trouvez en tête à tête.

Parle-t-elle haut,

Elle ne vous aime pas;
Parle-t-elle quelquefois bas,
Elle commence à vous aimer ;
Garde-t-elle le silence,
Elle vous aime.

Vous regarde-t-il en face,
Il ne vous aime pas;
Baisse-t-il quelquefois les yeux,
Il commence à vous aimer;
N'ose-t-il les lever sur vous,
Il vous adore.

VIII

Elle n'est pas jolie, mais elle est douce, elle est aimante, OBÉISSANTE SURTOUT!!!

Fermez les yeux et épousez-*la*.

Le timbre de sa voix ressemble au son d'une clochette fêlée, mais il est doux et affectueux.

Bouchez-vous les oreilles et épousez-*le*.

La lune de miel, cet astre fugitif, vous éclairera constamment de sa paisible lumière.

AINSI SOIT-IL.

SÉLAM

O Sélam ! langage des fleurs,
Chaste et suave poésie !
Tu fus la fête de nos cœurs.
- « T'en souvient-il encor, Marie ? »

PREMIER BOUQUET DU BIEN-AIMÉ.

ROSE	*Vous êtes belle.*
JASMIN	*Vous êtes aimable*
LILAS BLANC . . .	*Vous êtes fraîche.*
MARGUERITE . . .	*Vous êtes candide.*
MYOSOTIS.	*Ne m'oubliez pas.*

FLEUR DANS LES CHEVEUX.

FLEUR D'AUBÉPINE. — *Espérez.*

DEUXIÈME BOUQUET.

POIS DE SENTEUR. *Quelle délicatesse!*
ROSE POMPON. . . *Quelle grâce naïve!*
SENSITIVE. . . . . *Quelle pudeur!*
VIOLETTE. . . . . *Quelle modestie!*
REINE DES PRÉS. *Vous régnez sur mon cœur.*

FLEUR DANS LES CHEVEUX.

FLEUR D'ÉGLANTIER. — *Vous me plaisez.*

TROISIÈME BOUQUET.

ROSE MOUSSEUSE. *Je suis en extase.*
ROMARIN . . . . . *Votre présence me rend à la vie.*
CAPUCINE. . . . . *Je brûle pour vous.*
FRAXINELLE. . . . *Je suis incendié.*

FLEUR DANS LES CHEVEUX.

BALSAMINE. — Je vous aime, mais soyez sage et réservé.

DEUXIÈME PARTIE

DÉCLARATIONS D'AMOUR

I

Dot : 500 fr. (trousseau compris).

Monédouare,

Vous pouvaiz-anfin aître a moi et moi-z-a-vout.

Mon paire vout done son consanteman mai-z-iveu que vout paye la nosse au Lapain qui-srebife.

Nous serons toute la famille au moint deu-çant.

Pours lors je vout diré que je nhaîme et nhaîmeré que vout.

Soyon-z-hureux et haîme moi o toi que j'a-daûre du font du cueur.

Ta niniche qui te mor.

Vené demin mais ne chanté plus en montant lescallié.

Repas au « Lapin qui se rebiffe », à 2 francs par tête.	400 fr.
Bal, musicien et rafraîchissements. . . .	100
Total.	500 fr.

II

Dot : 10.000 *fr.*

Quand je songe, ô mon Éléonore, à la fortune que tu m'apportes, à moi, pauvre orphelin déshérité des biens de ce monde, et qui ne peux t'offrir en échange que mon ordre et mon économie, je devrais ne te parler qu'à genoux et le front dans la poussière.

Si je ne le fais pas, c'est à cause de la fatigue qui résulterait pour moi de cette position.

Quand nous serons mariés, je te montrerai mon carnet de dépenses, tu verras que je n'en ai jamais fait une seule inutile ou que je ne puisse justifier.

Ton MAXIME.

*Extrait du carnet de dépenses de M. Maxime ***.*

Déjeuner du lundi 2 décembre 1872.

Pain.	» 20
Côtelette.	» 60
Vin	1 »
Café.	» 30
Pour faire un compte rond. . . .	37 90
Total	40 »

III

Dot : 20,000 *fr*.

O mon Adalbert, je t'aime tellement que l'enfer avec toi me serait un ciel préféré

Là, pourvu que nous y soyons ensemble, des milliers d'années me sembleront n'avoir duré qu'un seul jour.

Mais, n'est-ce pas que tu ne loueras jamais cet affreux quatrième que nous avons vu hier ?

Jamais je ne consentirais à y vivre.

Nous serions si heureux au premier!

Comme je t'y aimerais!

Des placards partout, un salon superbe!

Quatrième. . . . . 1,200 fr.
Premier. . . . . 10,000 fr.

IV

Dot : 30,000 fr.

Que je t'aime, ô mon Polycarpe! tous les trésors du monde ne valent pas pour moi un seul de tes sourires.

Lorsque je prononce ton nom tout bas, bien bas, dans le silence de la nuit, je songe aux deux cachemires de l'Inde, aux volants d'Alençon et à la robe d'application d'Angleterre que nous avons vus ensemble à la Compagnie Lyonnaise.

Dès que je les aurai, ô mon bien-aimé, que pourrait-il manquer à notre bonheur?

Deux cachemires de l'Inde.	5,000 fr.
Volants d'Alençon.	4,000
Robe d'application d'Angleterre. .	1,800
Total.	10,800 fr.

V

Dot : 45,000 fr

Mon cher cousin,

Mon père a lu ce matin dans le « Journal officiel » ta nomination au grade de colonel du 4e cuirassiers.

Il me charge de te féliciter et de te dire que rien ne s'oppose plus enfin à notre mariage.

Tu vas donc réaliser pour moi l'ange gracieux auquel je souriais au couvent dans mes rêves de novice.

Ta cousine,

EMMA.

Dot de Mlle Emma, revenu. . . .	2,250 fr.
Grade de colonel de cuirassiers . .	8,000

VI

Dot : 50,000 *fr*.

Plus qu'une semaine, mon Ossian!

Un siècle!

Dis-moi? — As-tu regardé hier, à l'heure dont nous étions convenus, notre petite étoile?

Comment trouves-tu ma nouvelle robe?

Te plaît-elle?

Allons-nous être heureux!

Maman a décidé que nous serions mariés au chœur en première classe. Toutes mes amies de pension, Louise, Élisa, Caroline, se sont mariées au chœur.

Tu veux bien?

Que tu es gentil et que je t'aime!

Mariages de première classe.

Orgue, chants par des artistes de l'Opéra, éclairage brillant, ornements riches, coussins et chaises en velours frangés d'or. . . . . 1,500 fr.

VII

Dot : 60,000 fr

Mademoiselle,

Quel bonheur que monsieur votre père consente à vous donner la somme de cent mille francs.

Je vais donc pouvoir joindre la ferme de la Barbotière à celle du Four-Rouge.

Dam ! ça ne vous rapportera pas comme vos actions de chemin de fer, mais c'est du si bon bien !

C'est solide, au moins on sait ce qu'on a.

Qu'il me tarde d'être votre époux pour vous faire admirer notre halle aux blés, notre mairie, notre nouveau juge de paix, nos deux adjoints, enfin tout ce que nous avons de curieux.

Vous verrez que vous vous plairez ici plus qu'à Paris.

Ferme de la Barbotière, revenu.		2,200 fr.
Impôts	800 fr.	
Réparations.	500	
Plantations et améliorations .	300	
Garde.	600	
Total.	2,200 fr.	

VIII

Dot de Mlle Éliane : 100,000 *fr.*

Mademoiselle,

Je suis jeune et je n'ai ni fortune ni clientèle, c'est vrai ; mais l'ardente passion que je nourris pour vous, étant fondée sur la sincérité, sera, je l'espère, une suffisante excuse de ma présomption apparente.

Cette pensée m'a enhardi à vous adresser mes ouvrages les plus célèbres, acceptez-les comme l'hommage d'un cœur susceptible de tendresse, et incapable de trahir la vérité.

Je suis, etc.

1° *De l'Influence des queues de morue sur les ondulations de l'Océan.* 4 vol. in-8.

2° *Mémoire sur un cas de la teigne de l'homme qui a remporté une mention honorable.* 2 forts vol. in-8.

3° *La Réglisse noire, son passé et son avenir.* 4 vol. in-4, ornés de 200 gravures coloriées hors texte.

4° *La Phthisie pulmonaire* mise en jeu d'oie à l'usage des familles. 1 planche coloriée.

IX

*Dot de Mme C*** : 200,000 fr.*

Madame ,

Si, en moins d'une année, je n'avais pas perdu mes deux aimables compagnes, je n'aurais jamais songé à me remarier.

Toutes deux m'aimaient si également que je ne sais plus au juste celle que je pleure.

Jamais je n'espérais pouvoir les remplacer immédiatement, mais vous m'offrez une copie si fidèle de Constance et de Céleste que je m'empresse de vous offrir dans mon cœur la place que ces deux charmants objets y ont tour à tour occupée.

Si jamais, vous aussi, Madame, vous deviez, comme elles... mais éloignons ce triste pressentiment et ne songeons qu'au bonheur que vous me réservez.

X

*Dot de M. le Duc de *** : 500,000 fr.*

Hier, vous me disiez : « Je descends des Croisés,
A toi mon vieux castel et mes coteaux boisés,
A toi mes titres, ma richesse.
Je t'adore malgré mes soixante printemps,
Et suis fier de poser sur ton front de seize ans
Une couronne de duchesse. »

Et moi je vous réponds : « Monsieur, soyez béni.
Vous serez dans mes bras l'époux le plus chéri,
Le plus envié de la terre !
Depuis longtemps déjà vous aviez mon amour;
En vous voyant passer, je disais chaque jour :
— « Comme il ressemble à mon grand-père ! »

IDÉAL.

Monsieur,

J'apprends à l'instant votre retour. Pendant votre voyage d'Italie, j'ai été atteinte de la variole.

Si l'amour que vous disiez avoir pour moi, avant que cette cruelle maladie ne m'eût défigurée, n'était qu'une flatterie à laquelle vous n'attachiez aucune importance, je vous prie de venir me voir; mais si votre amour était sincère, ne venez pas, je ne suis plus la même.

Madame,

Puisque vous n'êtes plus la même, je ne vous dirai pas si je vous flattais ou non, mais assurément je ne vous flatterai pas en vous déclarant désormais la femme la plus aimable et la plus spirituelle de tout Paris.

Je cours à l'instant faire publier nos bans.

TROISIÈME PARTIE

PETIT CODE DU CÉRÉMONIAL

I

DEMANDE EN MARIAGE

Si vous avez rencontré à six heures du matin, sur le Pont-Neuf, une jeune fille portant un petit paquet sous le bras, et que, lui ayant demandé ce que contient ce petit paquet, elle vous ait répondu avec un sourire céleste : « Monsieur, c'est mon corset. »

Empressez-vous, si cette jeune fille a 500,000 francs de dot, de vous adresser à un notaire désintéressé et chargez-le de faire votre demande à sa famille. Si ce notaire consciencieux, quoique désintéressé, vous demande :

« Votre nom? »

Répondez-lui : « Je descends des croisés.

— Votre âge?

— Celui de l'amour, une éternelle jeunesse.

— Vos qualités?

— Toutes les bonnes.

— Votre dernier domicile?

— Probablement au Père-Lachaise. »

Le notaire ayant transmis vos réponses à la famille et celle-ci les ayant trouvées satisfaisantes, demandez alors à lui être présenté.

II

PRÉSENTATION

Cette présentation a lieu ordinairement sans que la jeune fille soit présente.

C'est dans cette visite que, suivant le chiffre des dots, les deux futurs papas beaux-pères cachent leur âge réciproque ou avouent leurs tendances à l'apoplexie foudroyante. C'est ce qu'on appelle débattre les espérances.

Si, dans cette première visite, ils ne se sont pas arraché le peu de cheveux qu'il leur reste, le jeune homme est invité à revenir pour la première entrevue.

III

ENTREVUE

La jeune fille ne doit pas se trouver avec sa famille au moment de l'arrivée de son fiancé.

On l'a fait appeler.

Sa toilette est très-simple, mais très-élégante.

Elle doit entrer dans le salon avec les effarements naïfs d'une pensionnaire ; mais, à la vue de son prétendu, elle doit immédiatement pâlir, s'appuyer à un meuble et contenir de sa main gauche les battements précipités de son cœur.

Le jeune fiancé la rassure et l'invite à se mettre au piano.

IV

CONTRAT

Le contrat se signe ordinairement dans le cabinet du notaire désintéressé. Si, avant cette signature, les parties ne peuvent se mettre d'accord et veulent rompre, elles prouveraient leur manque d'usage en s'adressant mutuellement des injures ou en argumentant à coups de parapluie. Si ce sont les parents de la bien-aimée qui veulent rompre, celle-ci doit prendre pour prétexte un malaise subit, se lever effrayée et sortir en toute hâte du cabinet du notaire, toujours désintéressé, mais pas content.

V

A LA MAIRIE

Le mariage doit avoir lieu dans la salle affectée à ces sortes de cérémonies.

Éviter de se tromper de porte.

Il serait fâcheux de faire entrer sa future belle-mère dans la salle où s'inscrivent les décès.

Elle pourrait y voir une allusion.

VI

APRÈS LE BAL

Il est d'usage que les mariés n'invitent pas toute leur noce à les reconduire.

Une fois seuls dans leur chambre, si le sang leur monte à la tête, ils prendront un bain de pieds à la moutarde.

. . . .

. . . .

(*Le rideau tombe.*)

QUATRIÈME PARTIE

MAISONS RECOMMANDÉES

FÉLIX

FILS ET SUCCESSEUR DE SON PÈRE

Professeur d'hygiène capillaire

CHEVEUX POUR MARIÉES

On loue pour une nuit

A L'AGNEAU SANS TACHE

LIT MUSICAL

(breveté s. g. d. g.)

A L'USAGE DES NOUVEAUX ÉPOUX

(*Admis à l'Exposition universelle de* 1867. Classe 147)

EXTRAIT DU PROSPECTUS

Ce lit est construit de telle sorte que, dès que les nouveaux époux se couchent, la pression de leurs corps met en mouvement un orgue qui fait entendre les plus délicieux motifs des opéras de Richard Wagner, motifs qui durent assez longtemps pour procurer un doux sommeil aux époux *même les moins disposés à dormir.*

A la tête du lit est un cadran avec une aiguille que l'on place sur l'heure à laquelle les deux époux désirent se réveiller (on les suppose toujours d'accord), et à l'heure indiquée le lit joue :

O Mathilde, idole de mon âme!

avec accompagnement de cymbales et de tambours.

Les lits extra-musicaux (n° 5 du Catalogue) se composent :

1° D'une *Marche funèbre* pour les jours de difficultés.

2° D'une *Polka-Mazourke* ou d'une *Scottisch* pour les raccommodements.

3° D'un *Grand air patriotique* au choix selon les convictions politiques des époux.

COMMISSION — EXPORTATION

A LA REVANCHE

Mme VICTORINE

Corsetière, rue des Marais, n°...

Une somnambule est attachée à la maison.

Poitrines adhérentes à l'usage des femmes délicates.

Ce système en caoutchouc rose s'adapte à la place vide et suit les mouvements ondulatoires de la respiration avec une précision mathématique.

C'EST A TROMPER L'ŒIL LE PLUS EXERCÉ !

ⵈ

MARIAGES

Mme SAINT-PHAR

(Sécurité — Discrétion)

Deux cents et quelques Demoiselles à marier

Chargée par elles, je n'exige rien des personnes qui voudraient prendre connaissance des conditions de ces jeunes personnes qui se trouveront tous les jours chez moi de 10 heures à 4 heures.

En les parcourant, les célibataires ou les chefs de familles qui ont des jeunes gens à établir n'auront que l'embarras du choix.

BONHEUR GARANTI

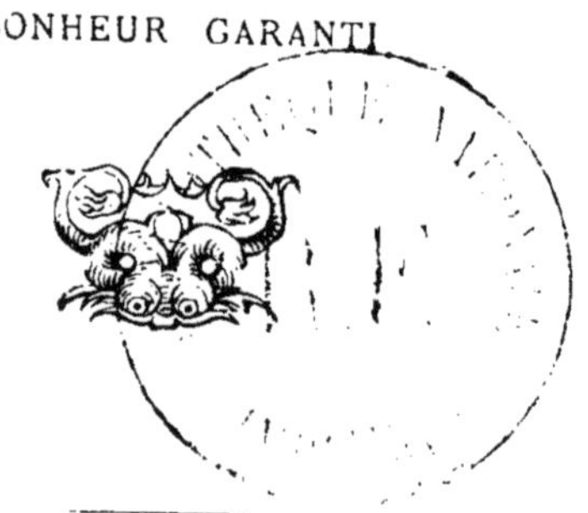

952 — Imp. Jouaust, rue Saint-Honoré, 338

MENU

Un plat est servi chaque mois

ABSINTHE

1 *Épitaphes graduées.*

POTAGE PRINTANIER

2 *Conseils aux Fiancés.*

ENTRÉES

3 *Monsieur et Madame.*
4 *Bébés.*
5 *Bambins et Fillettes.*

ROTS

6 *Toto s'émancipe.*
7 *LUI, Journalistes et Frères-et-Amis.*

ENTREMETS

8 *Théâtre, Industrie, Bourse.*
9 *Docteurs, Juges et Avocats.*

DESSERT

10 *Propriétaires et Châtelains.*
11 *Décorés, Députés, Ministres.*

LIQUEUR DIGESTIVE

12 *Épitaphes enragées.*

www.ingramcontent.com/pod-product-compliance
Ingram Content Group UK Ltd.
Pitfield, Milton Keynes, MK11 3LW, UK
UKHW021102270726
13994UKWH00009B/1836

9 782329 431796